AF452470

MELANGES

HISTORIQUES,

de P. C.

A UTRECHT,

Chés Pierre Elzevier.

M. DC. XCII.

AU LECTEUR.

L'E nom de *Paul Colomiés*, *Auteur de* Gallia Orien-talis, *& de plusieurs autres Traittez curieux*, *est si connu dans la République des Lettres*, *que ces* Mélanges His-toriques, *qui sont de sa façon*, *ne peuvent qu'être favorable-ment reçûs du Public.* *Leur va-rieté est en éfet si grande*, *si agréable en même-tems*, *& sur des sujets si particuliers*,

4

qu'il y a lieu de croire que ce petit Ouvrage sera du goût des bons Connoisseurs. Ie ne t'en dis pas davantage , Ami Lecteur , tout persuadé que je suis , que tu n'en jugeras pas moins favorablement que moi , lorsque tu en auras seulement parcouru les premiers Articles.

Fragro , Salus in cruce.

MELANGES
HISTORIQUES.

LE Bon-homme Jaques le Févre d'Eſtaples en Picardie, qui étoit un des plus ſavans hommes de ſon ſiécle, ſe voiant cruelle-ment perſécuté à Paris par les Sorboniſtes, ſe retira à Nérac auprez de Marguerite, Reine de Navarre, Sœur du Roi François Premier. Cette Prin-ceſſe qui aimoit les Lettres, reçut ce bon Vieillard avec joie, & s'entretenoit ſouvent avec lui de pluſieurs choſes graves & relevées. Un jour aiant fait deffein de dîner chés lui, Elle y attira quantité de perfonnes Doctes ; durant le répas ce Bon-homme parut fort trifte, & verfoit même par fois des larmes. La Reine s'en étant aperçûë lui en demanda le fujet, le raillant de marquer de la trifteffe, au lieu de contribuër à fon divertiffement. Helas ! Madame, lui répondit ce bon Vieillard, comment pourrois-je avoir de la joie, ou contribüer à celle des autres, étant le plus méchant homme qui foit fur la terre ? Quel fi grand péché pouvez-vous avoir commis, repliqua la Reine, vous qui femblez avoir mené dés vôtre bas âge une vie fi fainte & fi innocente. Madame , dit-il , je me vois en l'âge de cent & un an , fans avoir touché de femme , & je ne me fouviens point d'avoir fait aucune faute dont ma confcience puiffe être chargée en laiffant le monde , fi ce n'eft une feule que je crois qui ne fe peut expier. La Reine l'aiant preffé de la lui découvrir ; Madame , dit ce Bon-homme en pleurant , comment pourrai-je fubfifter devant le Tribunal de Dieu , moi qui aiant enfeigné en tou- te pureté l'Evangile de fon Fils à tant de perfonnes , qui ont foufert la mort pour cela, l'ai cependant toûjours évitée dans un âge même , où bien loin de la devoir craindre , je la devois plûtôt defirer ? La

Reine qui étoit naturelement éloquente , & qui n'ignoroit pas l'Ecriture Sainte , lui fit là-deſſus un fort beau diſcours; lui montrant par divers éxemples que la même choſe étoit arrivée à pluſieurs bons & Saints Perſonnages qui régnoient avec Dieu dans le Ciel, & ajoûtant que quelque grand pécheur que l'on ſe trouvât , il ne faloit jamais déſeſperer de la miſericorde & de la bonté de Dieu. Ceux qui étoient à table joignirent leurs conſolations à celles de cette Princeſſe ; dequoi ce bon Vieillard étant fortifié , il ne me reſte plus donc , dit-il , aprés avoir fait mon teſtament , que de m'en aler à Dieu , car je ſens qu'il m'apelle ; ainſi je ne

dois

dois pas diferer. Enfuite jettant les yeux fur la Reine, Madame, dit-il, je vous fais mon heritiere, je donne mes livres à M. Girard le Roux *a* (c'étoit fon Prédicateur ordinaire, qu'Elle fit depuis Evéque d'Oleron) je donne mes habits & ce que je poffede aux pauvres, je recommande le refte à Dieu. La Reine foûriant alors, que me reviendra-t-il, lui dit-Elle, de l'heredité ? Madame, répondit ce Bon-homme, le foin de diftribuër ce que j'ai aux pauvres. Je le veux, repliqua la

a Ou Rouffeau. Il avoit été Iacobin. La Reine Marguerite le défroqua, comme plufieurs autres. Erafme parle de lui dans une de fes lettres à Iaques le Févre.

B

Reine , & je vous jure que j'ai plus de joie de cela , que fi le Roi mon frére m'avoit fait fon héritiere ; le bon Vieillard paroiffant alors plus joieux qu'il n'avoit encore fait , Madame , dit-il , j'ai befoin de quelque repos , & à ceux qui étoient à table , adieu , Meffieurs. Enfuite il s'ala mettre fur un lit , & lorfqu'on s'imaginoit qu'il dormoit , il paffa de cette vie à une meilleure , fans avoir donné aucunes marques d'indifpofition. Etant mort, la Reine le fit enterrer magnifiquement , voulant même qu'il fut couvert de marbre qu'elle avoit fait tailler pour elle. Telle fut la fin de ce grand Perfonnage , dont cette Princeffe entretenoit à

Paris, Frédéric Second Electeur Palatin, lorsqu'il y tomba malade au retour de son voiage d'Espagne vers Charles-Quint. L'Histoire de ce voiage a été écrite en Latin par un des Conseillers de cet Electeur nommé Hubert-Thomas de Liege, à qui je dois tout ce que je viens de dire de la mort de Jaques le Févre.

M. Bouillaud, qui se nomme en Latin *Bullialdus*, savant homme, & grand Mathematicien, publia à Paris l'an 1657. une Dissertation latine touchant le S. Bénin de Dijon qu'il avoit faite plusieurs années auparavant. *Sed ea de re sibi meditata edere tunc veritus est* , dit M. Sarrau dans une de ses lettres *b* Ce M. Boüillaud étant en Pologne , comme on le traitoit souvent d'éxcellence, vint à se fâcher , disant qu'il ne meritoit pas ce nom-là. Quelqu'un alors lui repliqua qu'il ne devoit pas s'en fâcher , qu'en Pologne on le donnoit à tout le monde.

Dans le premier Volume des Mémoires soûs Charles I X. Imprimez l'an 1576. *c* se lit une Harangue faite au Roi au nom de plusieurs Princes

b Pag. 199.

c Pag. 32.

d'Allemagne

d'Allemagne, le 13. Décembre 1570. que je conjecture être d'un Gentil-homme Bourguignon nommé Hubert Languet. Voici comme il parle écrivant *d* à fon Héros Philippe Sidné de Vienne, le premier Ianvier 1574. *Exemplum Epiſtolæ de Electione Polonica, quam tibi oſtenderam, non puto me habere, ſed ſi ejuſmodi ineptiis delectaris, dabo operam ut habeas orationem quam nomine aliquot Principum Germanicorum habuimus ad Regem Galliæ antè triennium, in quâ ſunt quædam ita liberè dicta, ut in tumultu Pariſienſi valdè metuerim ne ea res eſſet mihi*

d Pag. 33. de ſes lettres de l'Edition de Leyde. Voiez auſſi la pag. 54.

C

exitio. M. de Thou au 47. livre de ſon Hiſtoire raporte cette harangue en abregé, mais il n'en marque point l'Auteur.

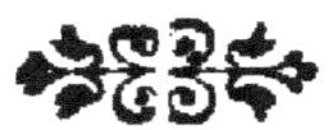

J'ai apris de M. Voſſius, que M. de Saumaiſe étant à Paris, évitoit autant qu'il pouvoit de ſe rencontrer en viſite avec M. Blondel ; parce que celui-ci étoit un grand Auteur, *& omnia in numerato habebat, etiam locos integros authorum.* Au lieu que l'autre, quoi qu'il eût une prodigieuſe mémoire, *ſæpè ſilebat.*

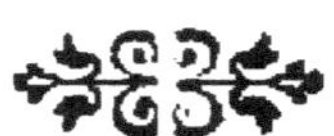

A la fin du jugement de

Mélanchton touchant l'Eucha-
ristie , envoié à l'Electeur Palatin , & imprimé l'an 1560. se
trouve une lettre du même
Mélanchton écrite. J. C. D.
M. Vr. c'est-à-dire , comme je
crois , *Ioanni Cratoni Doctori
Medico Vratislaviensi.* Ce jugement & cette lettre ont donné
ocasion aux Disciples de Mélanchton de le déchirer aprés
sa mort.

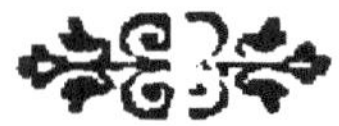

Quelqu'un disant un jour à
M. Vossius, le Pére , qu'il ne
pensoit pas qu'il y eût rien dans
la République des lettres qu'il
ignorât ; Vous vous trompez
fort , lui répondit-il , je ne sai
pas le quart des choses qu'un

jeune Miniftre croit favoir.

❧❡❧

L'Auteur de la Préface des Lettres de Grotius *ad Gallos*, eft M. Sarrau , comme il le découvre dans une Lettre Françoife à M. de Saumaife qui n'a jamais veu le jour , que M. Guidius communiqua à la Haye. J'ai raporté un beau fragment de cette Lettre dans ma France Orientale, pag. 238.

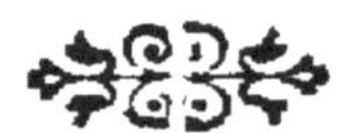

J'ai toûjours crû que le Grand Cafaubon n'avoit pas moins de pieté que de Doctrine , & j'ai été marri de voir le contraire dans un des

Ouvrages de M. Claude. Qui eſt-ce en éfet qui viendra à lire avec quelque ſoin & ſans préjugé, les exercitations contre Baronius de cet excellent homme, ſa Lettre au Pére Fronton du Duc Jeſuîte, & celle qu'il écrivit au Cardinal du Perron par le commandement du Roi Jaques, ſans admirer en méme-tems le zéle & la piété qu'il y fait paroître? J'avoüe qu'il n'eſt pas de ces Ecrivains de feu, à qui l'emportement tient lieu de raiſon, & qu'il garde dans ſes écrits une moderation particuliére; mais cette modération, loin de le flêtrir comme on le pretend, fait toute ſa gloire, puiſqu'elle le rend Diſciple de JESUS-CHRIST. Je devois ces deux mots d'Apologie à la mémoire d'un homme, dont j'ai lû & lis encore aujourdhui les livres avec une extrême utilité. Je parle de lui & de ses écrits plus amplement dans sa vie, d'où je ne saurois m'empécher de tirer un témoignage d'un célébre Catholique Romain, Conseiller de la Grand'-Chambre, nommé Jaques Gillet, pour en faire part au Lecteur. Voici donc ce que ce grave Sénateur dit de Casaubon, écrivant à Scaliger, de Paris le 7. Juillet 1599. *C'est à ce coup que M. Casaubon est tout à nous, & fort resolu de vivre & de mourir à Paris. M. le Prémier Président qui l'aime comme sa vertu le merite, l'a logé bravement & assez*

prés de nous. Le Roi avant hier
lui fit grande chere, lui repro-
chant qu'il avoit eu volonté de
le laiſſer, mais qu'il ne trouve-
roit jamais un ſi bon maître,
& qui l'aimât comme lui. Qu'il
vouloit qu'il fût en ſa Librai-
rie, que celui qui l'avoit, ne
pouvoit plus vivre qu'un an.
Qu'il verroit ſes beaux livres,
& lui diroit ce qui étoit dedans
où il n'entendoit rien. Bref il
lui fit bien de la faveur & de
l'honneur. Il ſoupa hier avec
moi qui l'ai fort confirmé, &
ſommes encore ici aſſez de gens
admirateurs de lui, & honorans
ſa vertu, pour l'aſſeurer qu'il
ne manquera de rien. Ie ſuis
certain qu'il ſe contentera de
nous, quoique nous puiſſions
faire, nous ne le meritons pas

*ni ne le meriterons jamais, &
je ne ſai ſi la France eſt digne
d'un tel homme, ſoit que l'on
regarde ſa doctrine, ſoit ſes
mœurs. l'aurai l'honneur & le
bien de le voir ſouvent, & pro-
fiterai en ſa compagnie. Iamais
je ne me ſepare d'avec lui que
je n'en vaille mieux.*

Selden étoit prodigieuſe-
ment ſavant, mais il écrivoit
d'une maniére un peu dégoû-
tante. C'eſt le plus grand homme que l'Angleterre ait jamais
eu pour les belles lettres. Il
mourut l'an 1654. âgé de 70.
ans. Voici de beaux Vers qui
ſe liſent ſoûs ſon Portrait.

Talem ſe ore tulit, quem gens
non

non barbara quævis,
Quantovis pretio mallet habere
*   suum,*
Qualis at ingenio, vel quantus
*   ab arte, loquentur,*
Dique ipsi & lapides, si taceant
*   homines.*

Le sens du dernier Distique est, que si les hommes viennent à se taire de Selden, les Dieux, (c'est-à-dire son Traité des Dieux des Syriens) & les Pierres (c'est-à-dire les Marbres d'Arundel, qu'il a supléez & expliquez) parleront à jamais de lui.

❧❀❧

M. Patin m'a assuré que le Pére Pétau lui avoit dit au lit de la mort, que s'il eût vû,

D

avant que d'écrire contre Scaliger, ſes divines Epitres, (ce
ſont les termes du Jeſuîte) il
ne l'auroit jamais attaqué.

❧❦❧

Parlant un jour à Mr. Voſſius de Sleidan, & lui loüant
cet Hiſtorien comme fort fidele ; il me dit, que l'Empereur
Charles-Quint l'acuſoit d'avoir
dit beaucoup de fauſſetez en
faiſant mention de lui. *e* Sur
quoi repliquant à M. Voſſius
que nous ne ſavions cela que
ſur le raport du Jéſuîte Pon-

e L'Auteur de l'Apothéoſe de
Ruard Tapper Chancelier de l'Uni-
verſité de Louvain, pag. 87. de l'é-
dition de Francker, dit que Charles Quint rendoit un témoignage
tout contraire à Sleidan.

tanus dans ſes Notes ſur Can-
tacuzéne. *f* Cela eſt vrai , me
répondit-il , & je penſois être
le ſeul qui euſſe trouvé cette
rareté.

Mademoiſelle de Schurman
avoit pris pour ſa déviſe ces
belles paroles de St. Ignace *g*
mon amour eſt crucifié. Le
Chancélier de l'Hôpital , *Si
fractus illabatur orbis , impavi-
dum ferient ruinæ.* M. du Pleſſis , *Arte & Marte* , George
Caſſander , *Quando tandem ?*
Jean Calvin , *Promptè & ſince-
rè.* Jâques Arminius , *Bona
conſcientia Paradiſus.* Pierre
Scriverius , *Legendo & ſcriben-*

f. pag. 990. *g.* Dans ſon E'pitre
aux Romains.

D 2

do. Daniel Heinſius ; *Quantum eſt quod neſcimus ?* Hugues Grotius, *Ruit hora.* Jean Meurſius , *Æternitatem cogita.* Juſte Lipſe , *Moribus antiquis.* Jean Douza le pére , *Dulces ante omnia muſæ.*

Dans la Bibliotéque du Roi ſe voit un *inſtrumentum ſecuritatis* du tems de l'Empereur Juſtinien , écrit ſur de l'écorce d'arbre. Le Préſident Briſſon dans ſon livre de *Formulis* , *h* produit une copie de cette piéce qui lui avoit été communiquée par Goſſelin le Bibliotéquaire. Ce qu'a ignoré Gabriel Naudé, qui en pu-

h Pag. 646.

blia

blia une autre à Rome, l'an 1630. croiant qu'elle n'eût jamais paru. Aiant conféré à Paris ces deux copies, je trouvai que celle du Préfident Briffon eft un peu meilleure que l'autre, qui vient pourtant du même lieu, mais qui n'a pas été faite avec tant de foin, bien que ç'ait été par l'ordre du Cardinal de Bagny.

❧❧❧

M. Voffius m'a dit que M de Saumaife lui avoit dedié un de fes livres fans le nommer. C'eft celui *de Annulis.* Au devant de la dédicace fe lifent ces mots *Amicus Leydenfis amico Amftelodamenfi ;* c'eft-à-dire, *Claudius Salmafius Ifa-*

E

acò Vossio.

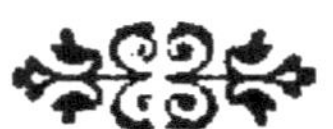

C'étoit une aſſez plaiſante coûtume que celle qui s'obſervoit autrefois dans le Bearn, lorſqu'une femme étoit acouchée, elle ſe levoit, & ſon mari ſe mettoit au lit faiſant la commere. Je crois que les Bearnois avoient tiré cette coûtume des Eſpagnols, de qui Strabon dit la même choſe au 3. Livre de ſa Géographie. La même coûtume ſe pratiquoit chés les Tibaréniens, au raport de Nymphodore dans l'excellent Scholiaſte d'Apollonius le Rhodien, Liv. 2. & chés les Tartares ſuivant le témoignage de Marc Paul Venitien, au ch. 41. du 2. Livre de ſes voiages , qui ne paſſent plus pour fabuleux , depuis que de nouvelles relations ont confirmé ce qu'ils nous aprennent.

Photius eſt le plus ſavant Patriarche qui ait été à Conſtantinople. J'ai vû de lui en Hollande un Lexicon M S. fort gros , & des Odes au Collége de Clermont , qui n'ont jamais été imprimées. Ses Homelies ſe trouvent dans la Bibliotéque de l'Eſcurial.

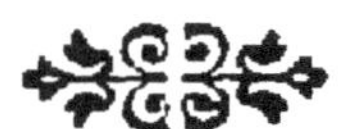

Le fameux Pére Merſenne , Religieux Minime , aprit à

mon Pére , l'étant venu voir,
que Jean Duverger d'Hauran-
ne, Abbé de S. Cyran , avoit
fait un livre foûs le nom d'A-
lexandre de l'Exclufſe, intitulé
*Somme des fautes & fauſſetez
de la ſomme Theologique de
Garaſſe* , imprimé à Paris , l'an
1626. *in quarto.*

L'antiquité tenoit pour la
plus heureuſe de toutes les
femmes une Lacédémoniene,
nommée Lampito, parce qu'elle avoit été fille de Roi, femme de Roi , & mére de Roi.
Le bon-heur d'Anne - Marie
Mauricette d'Auſtriche de glo-
rieuſe mémoire a été encore
plus grand ; car elle étoit fille

de Philippe III. Roi d'Es-
pagne, Sœur de Philippe IV.
Femme de Loüis XIII. &
Mére de Loüis XIV. Nôtre
Triomphant Monarque.

L'Auteur de la Traduction
Latine de l'Histoire du Concile de Trente de Fra-Paolo,
est Adam Neuton Ecossois,
Précepteur du Sérénissime Henri, Prince de Galles, à qui le
Roi Jaques adresse son Présent
Roial, & non pas à Charles I.
comme l'écrit le Docte & Po-
li Sarasin dans sa dissertation
du jeu des échets:

Beaucoup de gens parlent

30

du Livre *de tribus impoſtoribus*, mais il n'y a perſonne que je ſache qui die l'avoir vû. A propos dequoi je remarquerai que Grotius s'eſt trompé, écrivant dans l'Apendice de ſon Traitté de l'Ante-Chriſt, *i* que les énemis de l'Empereur Fréderic Barberouſſe lui attribuoient cet Ouvrage : Car ce ne fut pas Fréderic Barberouſſe que l'on faiſoit Auteur de ce Livre-là, mais Fréderic II. comme il paroît par les Epitres *l* de Pierre des Vignes, ſon Sécretaire, & ſon Chancelier, & comme l'écrit Grotius lui-même dans ſes obſervations ſur la troiſiéme partie de la Philoſo-

i pag. 84. à la fin de ſes Notes ſur les Evangiles. *l* pag. 211. & ſuiv. de l'Edition des Schardins.

phie réelle du Frére Thomas Clochette, dit en latin Campanella. *m*

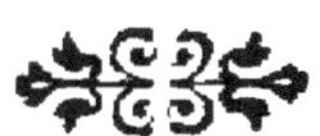

De tous les Sonnets de Malherbe, voici celui qui lui plaisoit davantage.

Beaux & grands Bâtimens d'é-
ternelle Structure,

Superbes de matiere, & d'ouvra-
ge divers,

Où le plus digne Roi, qui soit
en l'Univers,

Aux miracles de l'art fait ceder
la nature.

m Le Président Fauchet se trompe aussi dans son Traitté de l'origine des Chevaliers, à Paris 1600. p. 16. attribuant un couplet de chanson à Fréderic II. qui est de Fréderic I. surnommé Barberousse.

32

Beau Parc , & beaux Iardins ,
qui dans cette clôture
Avez toûjours des fleurs , & des
ombrages verds ,
Non sans quelque Demon , qui
défend aux hivers
D'en éfacer jamais l'agréable
peinture.
Lieux , qui donnez aux cœurs
tant d'aimables desirs ,
Bois , Fontaines , Canaux , si
parmi vos plaisirs
Mon humeur est chagrine , &
mon visage triste ;
Ce n'est pas qu'en éfet vous
n'ayez des appas ,
Mais , quoique vous ayez , vous
n'avez point Calisse ,
Et moi je ne vois rien quand
je ne la vois pas.

Marin le Roi, Sieur de Gom-
berville , a imité les doux ter-
cets

cets de ce Sonnet dans celui-
ci.

Efroiables deſerts, pleins d'om-
bre & de ſilence,
Où la peur & l'Hiver ſont
éternellement,
Rochers afreux & nus, où l'on
voit ſeulement
Le tonnerre & les vents mon-
trer leur inſolence ;
En quelqne part des Cieux que
le Soleil s'élance,
Vous étes toûjours pleins d'un
froid aveuglement,
Et vos petits raiſſeaux malgré
leur élement
Font monter juſqu'aux airs leur
foible violence.
Lieux où jamais l'amour ne
vint tendre ſes rets,
Torrens, Cavernes, Trônes, ſi
parmi ces forêts,

E

Ie me tiens si content, & je
vous aime encore;
Ce n'eſt pas qu'en èfet vous aiez
des apas,
Mais puiſque vous avez la
beauté, que j'adore,
Puis-je avoir ce bon-heur, &
ne vous aimer pas?

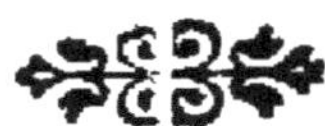

Nous diſons tous les jours
en commun Proverbe, que les
honneurs changent les mœurs.
En voici un éxemple aſſez rare. Baudoin, qui de ſimple
Moine étoit devenu Archevéque de Cantorbéri, venant à
changer de condition, changea
auſſi de façon de faire. Ce
qui obligea le Pape Urbain III.
à lui envoier une lettre, dont

la subscription étoit telle : *Balduino, Monacho ferventissimo, Abbati calido, Episcopo tepido, Archiepisco remisso.* n

Les Portugais pretendent qu'un Vascus Lobera soit le premier Auteur du Roman d'Amadis, qui a été mis en François par le Seigneur des Essars. Je ne sai pourquoi Lipse dans une de ses lettres *o* blâme si fort ce Roman. Voiez le savant M. Huet dans son Traitté de l'origine des Romans.

n Voiez Giraldus Barrius, autrement Cambrensis, dans son Itineraire Liv. 2. ch. 14.

o Cent. 4. Miscell. Epist. 76.

M. Voſſius m'a dit que M. ſon Pére étoit Auteur d'un livre intitulé , *Conſilium Gregorio XV. exhibitum cum Præfatione & cenſura G. I. V.* C'eſt-à-dire *Gerardi Ioannis Voſsii,* imprimé à Leyde , l'an 1623. *in quarto.* Ce livre eſt rare.

De tous les Critiques de nôtre tems (je n'excepte pas même M. de Saumaiſe) je n'en vois aucun de qui les conjectures ſoient ſi certaines que celles de Joſias Mercier , *p*

p il étoit fils de Jean Mercier, ſi célébre dans l'autre ſiécle pour la connoiſſance de la langue Hebraïque. J'ai amaſſé ſes éloges dans ma France Orientale.

ou

ou Mercerus, comme il se nomme en Latin. J'ai trouvé dans son nom, *Chariores Musis*; Anagrame qui lui convient fort. C'est domage qu'il ait si peu écrit, & qu'aiant tant de génie pour les lettres, il ait donné le meilleur de son teins aux afaires où il étoit emploié. Son principal Ouvrage est Nonius Marcellus, qu'il a divinement corrigé. Ses autres Pieces sont des Notes sur Aristénet, Tacite, Dictis de Crete, & sur le livre d'Apulée *de Deo Socratis*. Il a aussi fait l'éloge de Pierre Pithou, & il y a des lettres de lui dans le Récüeil de Goldast. M. de Saumaise, qui étoit son gendre, promettoit sa vie. Mais la mort l'a empéché de nous tenir fa parole.

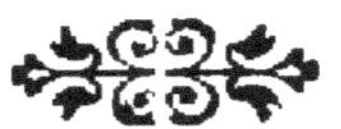

Naudé dans le jugement , qu'il fait de Cardan & de fes Ouvrages , dit que Gauricus avoit prédit au Roi Henri II. qu'il mourroit en bonne vieilleffe , & de maladie fort douce ; en quoi il n'eft pas d'accord avec les Hiftoriens, qui dépofent que ce Devin avoit prédit au Roi qu'il mourroit dans un combat fingulier. Ce qui ne fe trouva que trop véritable ; le brave Gabriel de Lorge , Comte de Mongommeri , aiant eu le malheur de bleffer à mort fon Prince , aprés s'être long-tems excufé de joûter contre lui. Dans le

Récüeil des lettres aux Princes , fait par Ruſcelli , & tra-
duites d'Italien en François
par Belleforêt , il y en a une
fort belle pour la juſtification
du Comte de Mongommeri ,
écrite à Corneille Muis , Evéque de Bitonte , par l'Evéque
de Troies en Champagne , qui
étoit alors le Docte Jean-An-
toine Caracciole (fils du Prince de Melfe) qui ſe fit enſuite
Proteſtant. Le Comte de Mongommeri aiant pris les armes
pluſieurs années aprés pour la
défence de ceux de ſon parti ,
fut arrêté à Damfront , &
eût la tête tranchée à Paris , à
la ſolicitation de la Reine Mére. Comme on le conduiſoit
au ſuplice , un Cordelier voulant le faire changer de Reli-

gion , commença à lui dire qu'il avoit été abusé ; Mongommeri le regardant alors fermement ; *Comment abusé , lui répondit-il , Si je l'ai été , ç'a été par ceux de vôtre Ordre ; car le premier qui me bailla jamais une Bible en François , & qui me la fit lire , Ce fut un Cordelier comme vous , & là dedans j'ai apris la Réligion que je tiens , qui seule est la vraie , & en laquelle aiant depuis vécu , je veus par la grace de Dieu y mourir aujourdhui.* Etant venu sur l'Echafaut dans la Place de Gréve , il pria le peuple de prier Dieu pour lui, recita tout haut le Simbole, en la confession duquel il protesta de mourir , & aiant recomandé son ame à Dieu , le Bourreau lui trancha la tête.

Il y a peu de livres dont la deſtinée ait été plus avantageuſe que celle du Traitté de la vérité de la Religion chrétienne, compoſé par Hugues Grotius. Outre les deux Verſions Françoiſes qui s'en ſont faites, il a été mis en Grec, en Arabe, en Anglois & en Alleman. C'eſt un admirable livre qui devroit être *le Vade mecum* de tous les Chrétiens. Je l'ai lû pluſieurs fois, mais toûjours avec un nouveau plaiſir. Le Traitté du Marquis de Pianeſſe eſt fort au deſſous de celui de Grotius, & ſans la belle Traduction Françoiſe qu'en

42

a faitl e Pére Bouhours, Jesui-
te , il seroit lû de peu de personnes.

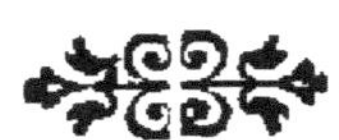

L'Amiral de Chatillon avoit
écrit une Histoire des choses
les plus mémorables de son
tems. On l'aporta aprés sa mort
à Charles I X. Ceux , qui
étoient auprés de lui, la trou-
verent fort bien faite , & tres-
digne d'être imprimée , & sans
Albert de Gondi , Maréchal de
Rets, qui en détourna le Roi,
& qui la jetta dans le feu, le
Public auroit possedé cet Ouvrage.

C'est une grande raison que

M. Bignon dans ſes Notes ſur les Formules de Marculfe, *r* apelle le Préſident Savaron, *Avernorum decus* , il l'étoit en éfet , & il n'y avoit point de ſon tems de gens dans l'Auvergne ſi Doctes que lui , ſur tout dans les Auteurs Latins du bas ſiécle. Il nous a donné des Traittez du Duel , des Confréries , de la ſainteté de Clovis , & de la Souveraineté des Rois. Il a auſſi écrit contre les Maſques , & fait des Notes ſur Cornelius Nepos , & ſur une Homelie de Saint Auguſtin *de Calendis Ianuariis.* Ses deux principaux Ouvrages ſont les antiquitez d'Auvergne, & un Commentaire ſur Sidonius. Dans ce dernier , il ſe

r pag. 251. de la derniere Edition.

plaint de quelques perſonnes, qui le vouloient déférer comme criminel de leze-Sainteté (ſi j'oſe ainſi dire) pour avoir donné le nom de Pape à François de la Gueſle, Archevêque de Tours. En quoi je ne trouve pas qu'il y eût grand mal. Car bien que par l'arrété de Gregoire VII. il ſoit défendu de donner le nom de Pape à d'autres qu'à l'Evéque de Rome , cet arrété ne fut pourtant pas enſuite univerſellement ſuivi. De vrai ne liſons-nous pas qu'Urbain II. qui eſt venu depuis Gregoire VII. donnant le Pallium à Anſelme, Archevéque de Cantorberi l'apella , *Papam alterius orbis* , nonobſtant le decret de ſon Prédéceſſeur ? C'eſt ce qui

ſe

ſe trouve dans un manuſcrit, qui a pour titre *Imaginatio*, dont l'Auteur eſt un Moine Bénédictin nommé Gervais de Melkelaie, autrement Gervais de Cantorberi. De plus Savaron donnant le nom de Pape à l'Archevéque de Tours, ne le fit, comme il dit lui-même, qu'à l'imitation de ſon Sidonius, du tems de qui l'on apelloit Papes tous les Evéques.

Le Roi Henri I V. avant que de haranguer ſon Parlement le 8. Janvier 1599. lui tint ce diſcours : *Devant que parler de ce pourquoi je vous ai mandez, je vous veux dire*

H

46

une Hiſtoire que je viens de ramentevoir au Marêchal de la Chaſtre. Incontinent aprés la S. Barthelemi, quatre qui jouions aux dez ſur une table, vîmes paroître des gouttes de ſang, & voiant qu'étant eſſuiées par deux fois, elles revenoient pour la troiſiéme, je dis que je ne jouërois plus, & que c'étoit une augure contre ceux qui l'avoient répandu. M. de Guiſe étoit de la troupe.

Ce prodige parut l'an 1574. à Avignon, au Logis d'un nommé Grillon, comme le remarque Loüis Videl dans l'Hiſtoire du Connêtable Leſdiguieres. ⁵ Voici les termes. *Vn jour que Leſdiguieres avoit dépéché à Avignon au Roi de*

⁵ Liv. 1. ch. 11.

Navarre un Gentilhomme ex-
prés , pour recevoir quelques
avis , celui-ci ne pouvant l'a-
border à cauſe que ce Prince
étoit éclairé de toutes parts , &
particulierement de Henri de
Lorraine , Duc de Guiſe , qui ,
pour mieux découvrir ſon cœur ,
s'étoit fait ſon compagnon de
table & de lit ; Il avint que
joüant aux dés l'un contre l'autre au logis de Grillon , ſur une
table de marbre , il y jaillit
du ſang qui leur couvrit les
mains , ſans qu'on ſceut d'où
il venoit , perſonne des aſſiſ-
tans n'aiant été bleſſé , dequoi
l'on fit tout à l'heure une éxac-
te recherche : & comme ce prodige fut interpreté des uns à
un reproche que le Ciel faiſoit
au Duc de Guiſe du ſang qu'il

*avoit fait répandre à la Saint
Barthelemi , & des autres à
uu préfage de celui qui fe ré-
pandroit à caufe de la querelle
de ces deux Princes ; aiant là-
deffus quitté le jeu , le Gentil-
homme de Lefdiguieres s'apro-
cha du Roi de Navarre , &
communiqua avec lui fans té-
main.*

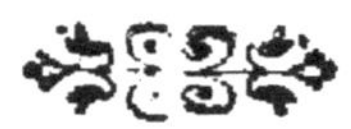

J'ai trouvé dans la défenfe
des Epitres des Papes de François Torrés, ou Turrean, Jefuî-
te , refutée par M. Blondel ,
quatre citations affez rares. La
premiére eft des Epitres de S.
Ignace , *ex Bibliothecâ Medi-
cæa* , que M. Voffius a depuis
fait imprimer. La feconde eft
d'un

d'un Eufebe d'Alexandrie , dont les homélies fe voient dans la Bibliotéque de l'Efcurial , *t* comme nous l'aprend Alexandre Barvoëtius, Jefuïte, dans le Catalogue des M SS. de cette Bibliotéque , qui eft devant les homélies d'Origéne fur Jérémie , publiées foûs le nom de S. Cirille d'Alexandrie par le Pére Balthafar Cordier , auffi Jefuïte , à Anvers l'an 1648. *in octavo.* La troifiéme citation eft d'un Magnes *adverfus Theoftenem Evangelia calumniantem* , qui eft auffi allegué par Poffevin dans fa Mofcovie. " La quatriéme eft

t Ce n'eft donc pas un Auteur fupofé comme pretendent Mrs. Blondel , Rivet & Hottinger. " Pag. 179. de l'Edition de Plantin.

50

d'un Léontius , citant les deux Epitres de S. Clement aux Corinthiens: *Leontius , dit-il , in opere, ex prima & fecunda Clementis Romani ad Corinthios Epiſtolâ , locos citat.* Je m'étonne que Turrian n'ait marqué en quel Ouvrage. Peut-être entend-il Leontius *in Matthæum* , qu'il allegue ailleurs. Patrice Junius , Bibliotécaire du Roi de la Grand-Brétagne, qui nous a donné la premiére Epitre de S. Clement aux Corinthiens, & un fragment de la feconde , n'avoit pas vû cet endroit de Turrian.

Nos Théologiens ont fait trop de mépris d'une Verſion ,

que les Apôtres ont eſtimée ;
J'entens la verſion des Septante, par le moien de laquelle
on peut corriger un tres-grand
nombre de paſſages dans la
Verſion Françoiſe de nos Bi-
bles. M. Voſſius étant allé voir
à Paris M. de Marca, ce Pre-
lat, qui étoit alors malade,
aprés avoir loüé l'Apologie
pour les ſeptante que M. Voſſius venoit de publier, l'aſſû-
ra qu'il étoit entierement de
ſon opinion, & que ſi Dieu
lui redonnoit la ſanté, il écri-
roit ſur cette matiere. M. de
Marca mourut peu de jours
aprés, en reputation du plus
ſavant Evéque de France.

J'ai remarqué dans l'hiſtoire , que les trois Seigneurs, qui avoient le plus d'averſion pour les Huguenots , ont eu tous trois des femmes Huguenotes. Loüis de Bourbon , Duc de Montpenſier , Jaquete de Long-vy , de l'ancienne maiſon de Givry , qui inſtruiſit dans la Religion Charlote de Montpenſier ſa fille , mariée à Guillaume de Naſſau , Prince d'Orange. François de Lorraine , Duc de Guiſe , épouſa Anne d'Eſt , qui étoit fille de ſa mére , *y* c'eſt-à-dire , de cette

y Voiez les lettres d'une Savante Italienne nommée Olympia Fulvia Morata , pag. 148. & M. de Thou au 24. liv. de ſon hiſtoire.

Sage & Chrétienne Princeſſe
Renée de France , Ducheſſe
de Ferrare , fille de Loüis
XII. Jaques Dalbon, Maréchal
de S. André, avoit pour femme Marguerite de Lauſtrac ,
qui épouſa en ſecondes nôces
Godéfroi de Caumont , qui
avoit été Abbé de Clerac ,
mais qui depuis la mort de
ſon frére aîné quitta la robe ,
& prit l'épée.

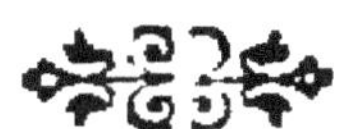

Il y a eu deux Jerômes de
Prague, tous deux fort verſés
dans les ſaintes lettres, & tous
deux tres-éloquens. Le premier a été celui qui fut brûlé
à Conſtance par un decret du
Concile , nonobſtant le ſauf-

conduit de l'Empereur , le 30.
Mai 1416. & dont la mort a
été si élegamment décrite par
Poge Florentin dans une lettre
à son ami Leonard Brunus
d'Arrezzo , qui se trouve au
livre intitulé ; *Fasciculus rerum
expetendarum*.   L'autre a été
un Hermite , qui aprés avoir
demeuré 20. ans dans la solitu-
de de Camaldoli au mont
Apennin , s'en alla dans la Li-
tuanie où il convertit quantité
de gens au Christianisme.
Eneas Silvius Piccolomini ,
qui fut Pape soûs le nom de
Pie II. parle avec éloge de ces
deux Jerômes ; du premier
dans l'histoire de Bohéme , &
de l'autre, qui vivoit l'an 1430.
dans la description de l'Euro-
pe.

Auteurs déguisez découverts.

Abidenus Corallus , Utric Hutten. Alexius à Maffalia , Claude Saumaife. Amandus Flavianus , David Blondel. Aretius Felinus , Martin Bucer. Ariftoteles de Benedictis , Pierre-Antoine Spinel. Benedictus Paffavantius , Théodore de Béze. Bomini de Bominis , Pierre - Paul Vergére. Cajus Tilebomenus , Jaques Mentel. David Leidhrefferus , Didier Heraud. Didymus Faventinus , Philippe Melancthon. Dominicus Lopez , Faufte Socin. Elias Philyra , Jean du Tillet. Eutychius Myon , VVolphang Mufcule. Felix Turpio Urbevetanus, Fauſte Socin. Firmianus Chlorus, Pierre Viret. Gaſpart Caballinus, Charles du Moulin. Georgius Erhardus, Michel - Gaſpar Lundorpius. Gregorius Velleius, George Reveau. Guillelmus Singleton, Leonard Leſſius. Guſtavus Selenus, Auguſte Duc de Lunebourg. Helias Pandochæus, Guillaume Poſtel. Hieronimus Marius, Cælius Secundus Curio. Hippolitus Fronto Caraccota, Pierre du Moulin. Hippophilus Melangæus, Philippe Mélanchton. Honorius Reggius, George Hornius. Horatius Graſſius, Lothaire Sarſius. Janus Nicius Erythræus, Giovan Vittorio de Roſſi. I. Pacidius, Jaques Godéfroi. Joannes Rolegravius, Jean Graverol

rol. Irenæus Philaldelphius ,
Loüis du Moulin. Irenæus ,
Cælius Secundus Curio. Julia-
nus Rosbecius , Dominique
Baudius. Latinus Pacatus , Do-
minique Baudius. Ludiomæus
Colvinus , Loüis du Moulin.
Lyfimachus Nicanor , Jean
Leflius. M. Antonius Conf-
tantius , Eftienne Gardiner.
Martinus Bellius , Sebaftien
Caftalio. Mathæus Tortus , Ro-
bert Bellarmin. Merlinus Coc-
caius , Theophile Folengius.
Moderara Fonte , Modefta
Pozzo. Nadabus Agmonius ,
François du Jon. Nathanaël
Nezekius , Théodore de Béze.
Pafcafius Groffippus , Gafpar
Scioppius. Petrus Bellocirius ,
Pierre Danés. Profper Dyfi-
dæus , Faufte Socin. Renatus

Verdæus , André Rivet. Stephanus Junius Brutus, Hubert Languet. Simplicius Verinus , Claude Saumaife. Thalaffius Bafilides , Marin le Roi. Veranius Modeftus Pacimontanus, George Caffander. VVallo Meffalinus , Claude Saumaife. Zacharias Furnefterus , Hugues Doneau.

M. de Béze fe pouvoit paffer de tourner en vers François les cent Pfeaumes qui n'avoient pas été traduits par Marot ; puifque dés l'an 1551. Jean Poitevin , Chantre de Sainte Radegonde de Poitiers , les avoit tournez d'une maniere auffi fidele qu'édifiante , & les avoit fait imprimer la même année avec le Privilege d'Henri II. 7. ans aprés Philibert jambe - de - fer , Lionnois , les mit en Musique , au raport de la Croix du Maine dans sa Bibliotéque. Ce Traducteur suit principalement les septante.

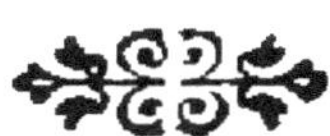

J'ai découvert que l'Auteur d'un livre , qui a pour titre , *Pensées d'un Gentil-homme , qui a passé la plus grande partie de sa vie dans la Cour & dans la guerre*, étoit Monsieur de Bourdonné, Parisien, Gouverneur de la Bassé , & ensuite de Moyenvic. M. Blondel avoit un frére, nommé Moïse Blondel , qui a fait un petit

K 2

60

livre intitulé , *Rome au secours*
de Généve. Voici ce qu'il lui
écrit à Londres , où il étoit
Miniſtre , le 20. Août 1645.
J'ai apris dés l'an 1640. que
Marc VVeiſer, l'un des princi-
paux Magiſtrats d'Ausbourg
aiant envoié l'an 1601. aux
Iéſuîtes de Maience un manuſ-
crit d'Anaſtaſe , pour le faire
mettre ſoûs la preſſe , ils prie-
rent Marquard Freher , Conſeil-
ler de ſon Alteſſe Electorale à
Heydelberg , de les aider en ce
ſujet , ſoûs la promeſſe qu'ils
faiſoient de donner au Public
ce qui leur ſeroit communiqué ;
il leur envoia deux Manuſcrits
d'Anaſtaſe , où la vie de la
pretenduë Papeſſe ſe trouvoit :
mais ſe contentans de faire ti-
rer deux exemplaires de cette
ſorte

sorte , ils fuprimerent dans le reſte de l'Edition ce qui leur avoit été fourni , tellement qu'il n'a point paru , & M. Freher a été conſtraint de ſe plaindre , par une eſpece de maniſeſte imprimé , du tour qui lui avoit été joüé.

M. Blondel tenoit cette hiſtoire de M. de Saumaiſe , qui étoit à Paris l'an 1640. & qui l'avoit auſſi contée à M. Rivet de Hollande , comme celui-ci nous l'aſſeure dans ſon *Criticus Sacer* , imprimé l'an 1642. *c* Outre ces Anaſtaſes d'Allemagne , qui avoient la vie de la Papeſſe , je vois que M. Sarrau , écrivant à M. de Saumaiſe , lui envoie cette même vie, qu'il avoit extraite d'un

c Liv. 3. ch. 14.

L

Anaſtaſe M S. de la Bibliotéque du Roi. Et écrivant à Rome à M. Nicolas Heinſius, il le prie de voir les Anaſtaſes du Vatican, ſur ce qu'un de ſes amis, à qui il avoit fait autrefois la même priere, lui avoit mandé que les Anaſtaſes, qu'il y avoit feüilletez, étoient tous défectueux dans l'endroit où devroit être la vie de la Papeſſe; & qu'il en avoit vû un à Milan dans la Bibliotéque Ambroſienne, où cette vie ſe rencontroit, mais qu'il n'avoit pû en avoir la copie. De tous ces divers manuſcrits d'Anaſtaſe je recüille que la Papeſſe Jeanne a été, quelques raiſons qu'allegue M. Blondel, qui s'eſt fort trompé, croiant que la vie de cette femme, telle qu'elle eſt dans l'Anaſtaſe de la Bibliotéque du Roi, ſoit tiſſuë des propres paroles de Martinus Polonus. Car comment cela peut-il être ? veu que Gervaſius Tilberienſis, Auteur plus ancien de cent ans que Martinus Polonus, dans un Ouvrage intitulé, *Otia Imperialia*, fait pour le divertiſſement de l'Empereur Othon IV. que j'ai lû M S. chés M. Voſſius, raporte la vie de la Papeſſe en mêmes termes que l'Anaſtaſe de la Bibliotéque du Roi ; ajoûtant ſeulement que cette Papeſſe ſe trouvoit en peu de Chroniques, *& in paucis Chronicis*, dit-il, *invenitur*. Si M. Blondel eût vû cet Auteur, peut-être auroit-il retenu ſa plume ; mais

64

il ne lui a pas été plus connu qu'Almaricus Augerii , qui vivoit l'an 1362. & qui a fait une Chronique des Papes , dediée à Urbain V. où il parle de la Papeſſe en ces termes. *Ioannes dictus Anglicus , natione magnanimus* (je crois qu'il faut lire *Maguntinus*) *poſt Dominum Leonem Papam in Romanum Pontificatum fuit aſſumptus ; & poſt B. Petrum Apoſtolum ponitur Papa centeſimus decimus.* Le Docte Scriverius avoit cet Hiſtorien manuſcrit. Je remarquerai pour la fin que Bernard Gamucci dans ſes antiquitez de Rome , de l'Edition de Thomas Porcacchi , *e* ſemble parler, (ſuivant la conjecture de mon Pé-

e pag. 58.

re) du tombeau de la Papesse, quand il dit ; *Nella chiesa in Pallara è la sepoltura di Papa Giovani ottavo , senza alcuno artificio ô archittetura ; è in somma molto differente da quelle di molti altri Pontefici , che sono in Roma.* L'on ne sait pas au vrai quel est l'Auteur du livre intituié , *Fortalitium fidei;* Quelques-uns croient que ce soit Guillaume Totanus ; d'autres Barthelemi de Spina, Dominicain. Grotius dans une lettre manufcrite , que j'ai leuë chés M. Voffius, l'apelle Thomas Barbarienfis. Le Jéfuîte Mariana dans son hiftoire d'Espagne liv. 22. ch. 13. dit que c'étoit un Cordelier nommé Alfonfe Spina , qui affifta à la mort ce grand Capitaine Al-

vare de Lune. Ce livre eſt
fait contre les Juifs.

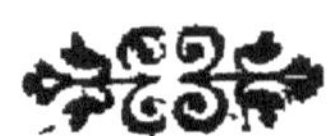

Le Père Vavaſſeur dans ſes
Epigrames.
Has Matho mendicis fecit juſ-
tiſſimus ædes ;
Hos & mendicos fecerat ante
Matho.
Ce ſavant Jéſuîte, faiſant
cette Epigrame, ſemble avoir
penſé au trait que donna Loüis
XI. au Chancelier Rolin, que
M. de Couvrelles raporte en
ces termes dans ſes voiages,
M S, S. *Beaune eſt une ville*
fort renommée pour le bel Hô-
pital qu'y a fait bâtir Meſſi-
re Nicolas Rolin, Chancelier de
Bourgogne, qui eſt ſi beau, que

je ne pense pas qu'il s'en trouve un semblable en toute la
Chrétlentè, principalement pour
la necessité ; cette maison ressen-
tant plûtôt un Hôtel d'un
Prince qu'un Hôpital. Ie ne saurois oublier à ce propos l'aiguë
réponse, que fit le Roi Loüis XI.
à un qui, lui faisant voir ledit
Hôpltal, lui loüoit la charité de
M. Rolin ; car il lui dit, qu'il
étoir bien raisonnable qu'aiant
fait tant de pauvres dans sa
vie, il fit faire devant mourir
ane maison pour les loger.

Le Batême des petits enfans
n'est pas d'institution divine,
& n'a eu lieu dans l Eglise
que vers la fin du siecle 2. Au-

paravant l'on ne baptifoit que
ceux qui pouvoient rendre raifon de leur foi. C'eft ce qu'a
reconnu parmi les anciens
VValafridus Strabo, au 26. ch.
de fon Traité des chofes Ec-
clefiaftiques ; & parmi les modernes Loüis Vives , écrivant
fur le 27. chap. du 1. liv. de
la cité de Dieu de S. Auguf-
tin ; Erafme dans le Fragment
d'une lettre , qui fe trouve parmi celles que Paul Merula
publia l'an 1607. Hugues Grotius écrivant à M. de Cordes
le 30. Octobre 1634. & M.
de Saumaife dans fon Traité
de la tranfubftantiation pag.
494. & fuiv. auffi les Albigeois (qui faifoient profeffion
de tenir leur Religion de J. C.
& de fes Apôtres) n'aprou-

n'aprouvoient-ils point le Batême des petits enfans ; Ecoûtons ce que dit Jean Chaſſanion, Miniſtre, au 6. ch. du 1. liv. de l'hiſtoire de ces gens-là. *Ce qui me fait croire que les Albigeois n'aprouvoient point le Batême des petits enfans , c'eſt qu'en l'hiſtoire de la ville de Trieves il eſt dit, qu'à Yvoi, du Diocese de Trieves , aucuns nioient le Sacrement du Batême profiter à ſalut aux petits enfans. En outre une Catherine Saube , qui fut brûlée à Montpelier l'an 1417. pour ne croire les traditions de l'Egliſe Româine , avoit cette opinion du Batême des petits enfans , ſelon qu'il eſt écrit au livre de la maiſon de ladite ville de Montpelier.*

M

J'ai vû à la Haie dans la Bibliotéque de M. de Beuning les Oeuvres de Théodore Volcard Cornhert en Flaman. C'étoit un Enthousiaste, qui avoit l'esprit fort aisé, il aprit de lui-même à l'âge de 40. ans le Grec & le latin, & fit de si grands progrez dans ces deux langues, qu'il tournoit en Flaman quel Auteur il vouloit ; composa plusieurs Traitez de Théologie, dont quelques uns ont été refutez par Calvin & par Daneau. Il écrivit même contre Lipse, qui lui répondit dans son livre *de una Religione*. Les Hollandois en parlent comme d'un miracle. Il mourut l'an 1590. âgé de 68. ans.

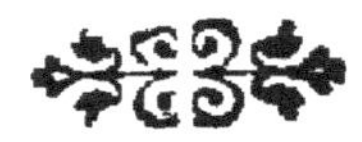

Pline, *f* traduifant Démocrite , dit que le Chaméléon eft fait comme le Crocodile , & qu'il eft auffi gros que lui , en quoi il s'eft lourdement trompé ; car le mot *Crocodeilos* , dont s'eft fervi Démocrite fuivant le langage des Joniens , ne fignifie pas un Crocodile , mais un Léfard , comme nous l'aprend Herodote , & aprés lui M. de Saumaife dans fes exercitations fur Solin. *g* Ainfi c'eft à tort que deux Maronites du mont Liban (je veux dire Gabriel de Sion , & Jean Efronite) dans leur Traité des coûtumes des Orientaux , *h* blament Démocrite , fur le témoignage de Pline , d'avoir

f liv. 28. ch. 8. *g.* pag. 873.
h chap. 9.

M 2

écrit que le Chaméléon étoit
de la grandeur du Crocodile.

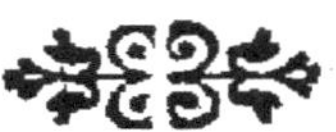

Gérard Voffius, Pére de M.
Voffius, chez qui j'étois en Hollande , & Gerard Voffius de
de Tungren , qui a donné au
Public les Ouvrages de quelques Péres de l'Eglife , étoient
proches parens. Leur nom eſt
Vos , qui en Flaman fignifie la
même chofe que *Fuchs* en Alleman , c'eſt-à-dire *Renard*.
Auffi étoient-ils parens de
Leonard Fuchſius , favant Medecin & Botanifte , qui mourut à Tubinge l'an 1566. lorſ-
que Gérard Voffius , Pére de
M. Voffius , écrivoit certaines
lettres , où il ne vouloit pas
que

que ſon nom parût, au lieu de *Voſſius*, il ſignoit *Alopekios*, comme je le puis juſtifier par une que je garde, écrite à un Theologien de Bréme, nommé Mathias Martinus. Des l'an 1415. Je trouve un Conrart de Vos au Catalogue des Bourguemeſtres de la ville de Groningue.

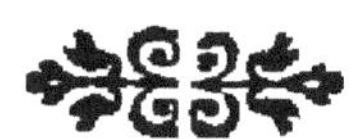

Je liſois il y a quelques jours avec étonnement dans un docte & éloquent Plaidoié pour le droit de nos Rois, & pour l'independance de leur Couronne, fait par Meſſire Jâques de la Gueſle, Procureur Général (frére de l'Archevêque de Tours, dont j'ai parlé

N

ci-deſſus) & inſeré par Laurent Bouchel dans le Corps des Decrets de l'Egliſe Gallicane, que depuis Boniface VIII. juſques en l'an 1561. perſonne n'avoit ſoûtenu en France que le Pape étoit au deſſus du Roi pour le temporel. Eſt-il poſſible que M. de la Gueſle ignorât ce qui arriva ſoûs Loüis 12. tres-juſtement apellé le Pére du Peuple. Un Frére Jean de Bonnecourci, Cordelier du Convent de Lucques en Italie, aiant mis cette aſſertion en ſes Theſes de tentative, fut par Arrêt de la Cour de Parlement condamné à être dépoüillé de ſon Habit de Cordelier par le Bourreau, & revêtu par le même d'un habit Séculier, mi-parti de jaune & de vert ; puis étant conduit devant l'Image de la Vierge , du portail de la Sainte Chapelle basse , tenant en sa main une torche ardente de deux livres de cire bigarée de ces deux couleurs , à faire amende honorable , & à declarer à genoux , la corde au cou , qu'impieusement, & contre les Commandemens de Dieu, & les maximes orthodoxes, il avoit tenu de pernicieuses erreurs , dont il se repentoit , en crioit merci à Dieu , & en demandoit pardon au Roi, à la Justice, & au Public. Cette execution faite il fut conduit par le Bourreau en ce même état jusques à Villejuif, où son habit lui fut rendu , & où on lui four-

nit trente livres pour se reti-
rer où il voudroit, avec dé-
fense de retourner jamais dans
le Roiaume, à peine d'y être
pendu & étranglé. Cet exem-
ple est dautant plus remarqua-
ble, que ceux qui ont depuis
soûtenu la même proposition,
comme Jean Tanquerel, Ba-
chelier en Theologie, soûs
Charles IX. & Frére Florentin Jacob, Augustin, soûs
Henri le Grand, n'ont pas
été traitez si séverement.

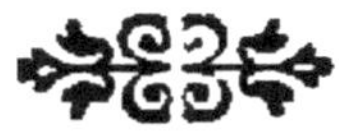

Le Pére Schottus, Jésuïte,
écrivoit souvent à nos gens.
Voici la copie d'une lettre
(dont je garde l'original)
qu'il écrivoit à M. Vossius le

Pére , où il n'a ofé fe nommer.

DOCTISSIMO VIRO

Gerardo Joanni Voffio.

S. P. *Lug. Bat.*

*I*Ncidi nuper , *Doctiſsime
Voſsi, dum officinas identi-
dem pertranſeo , in opus tuum
de hiſtoricis Græcis , eruditum
ſane , & ad meum guſtum. Coë-
mi , dumque inveſtigo quæ in
limine Cunæus I. C. ait de
arte hiſtoriæ à te præmiſſa eſſe,
non hic reperi , negantque ſi-
bi viſa. Si exiit annis prioribus,
jube ut Elzevirii mihi curent.
Narro tibi apud me collecta eſſe , veluti naufragii ſcalmos ,*

N 3

vett. historicorum Græcorum Fragmenta, ut Latinorum edidit & Fulvius Ursinus, ab Ant. Augustino collecta, ut nosti, & Ant. Riccobono. Si putas istic tuâ operâ evulgari posse, non meo apposito nomine, hac lege mittam ad te per Tabellarium, cui tantum portandi persolves laborem, præterea nihil. Rhetores adhæc antiquos collectos habeo, & nonnihil illustratos, qui & tuam implorant opem, quia Rhetorica tam excellenter semel iterumque edenda curasti, ut & de Priscis Rhetoribus libellum, quem legi libenter, ut antea Tragicorum vett. Latinorum à te digestas reliquias : Macte porrò, & Græcos, Latinosque Scriptores, ut Coëpisti, illus-

trare , ac compingere perge.
FELICITER Vale : Salutat te
tenebrio , : qui Photium l dedit
Latinè. Antuerpiæ 24. Maji.
1624.

Le Pére Schottus mourut
l'an 1636. âgé de 84. ans ,
aprés avoir donné au Public
plufieurs beaux Ouvrages. M.
Voffius garde dans fa Bibliotéque les Lyriques Grecs de
Fulvius Urfinus , apoftillez de
la main de ce Jéfuîte & de
la fienne.

: J'ai allegué cet endroit dans
mes Opufcules pag. 52. de l'E-
dition de Cramoifi. / Cofmas Fon-
teius & Fréderic Metius avoient auffi
tourné la Bibliotéq. de Photius; mais
leur travail n'a jamais paru.

Maynard dans ses Poësies.

Ie ne dois pas encore attendre
Que tu sois un de mes Lec-
teurs ;
Tu n'aprouves que les Auteurs
Dont la tombe garde la cendre.
Ton puissant esprit m'a charmé,
Et l'honneur d'en être estimé
Est le plus grand que je deman-
de :
Mais GVYET, pour me l'a-
querir,
Ma vanité n'est pas si grande,
Que je me hâte de mourir.

Martial dit la même chose
dans cette Epigramme.

Miraris veteres, Vacerra, solos,
Nec laudas nisi mortuos Poëtas.
Ignoscas petimus, Vacerra ; tanti
Non est, ut placeam tibi, perire.

❧❧❧

Je

Je ne vois proprement qu'
fix Théologiens Proteſtans
(je parle de ceux qui ont
écrit) qui aient été d'une
grande litterature ; Rainold ,
Uſſerius , & Gataker en Angleterre ; Blondel , Petit , &
Bochart en France. Mais comme il n'y a point de ſi beau
viſage qui n'ait ſes tâches, ces
grands hommes (à la reſerve
de Rainold , dont je ne con-
nois point le foible) ne ſont
pas auſſi ſans défaut. Uſſerius
n'a pas le diſcernement fort
fin ; Gataker a un ſtile trop
afecté ; Blondel parle mal François , & fait tres-ſouvent des
fautes ; Petit conjecture peu
heureuſement ; & Bochart s'é-
tend trop à prouver des choſes communes.

O

82

Pierre Galés, Espagnol, *o* merite que l'on tire son nom de
l'oubli. c'étoit un savant person-
nage, qui aiant été mis à la gê-
ne dans Rome, pour avoir été
soupçonné de la Religion , y
perdit un œil. Dépuis étant venu à Genéve , il y enseigna la
Philosophie , & fut quelque
tems aprés Recteur du College
de Guïenne à Bourdeaux ; D'où
étant sorti à cause de l'envie,
qu'on lui portoit , il laissa la
France pour aler en Flandre ;
où aiant été découvert de la Religion, & mis entre les mains
des Espagnols , ses compatrio-
tes , le plus doux traitement
qu'il en reçut , fut d'étre brûlé,

o Florimond Rémond le fait Italien, au ch. 18. de son Traité de l'An-
te-Christ , mais il se trompe.

par un Decret de l'Inquifition.
Ce Galés avoit de bons Livres,
& méme quelques manufcrits.
Cafaubon, qui l'avoit connu à
Genéve, parle dans fes ouvrages
p de quelques-uns qu'il lui avoit
communiquez, & loüe méme
fes conjectures. Cujas dans fes
Obfervations *q* l'apelle *Doctifsi-
mum, & accuratifsimum virum*,
à l'ocafion d'un Privilege de
l'Empereur Juftinien, qu'il lui
avoit fourni ; & le Pere Labbe
dans fa Bibliotéque des Manufcrits *r* cite *Orientii monita in
Bibliotheca Galefiana reperta.*

⁂

p Sur Théocrite de l'Edition de
Genéve, fur Diogene Laërce pag. 59.
93. 105. 111. & 1119. de l'Edition de
1594. fur Suetone pag. 9. & dans fa
Préface fur Athenée.
q Liv. 10. ch. 11. *r* pag. 63.

O 2

J'ai veu dans la Bibliotéque de M. Voſſius un manuſcrit latin in folio, fort gros, qui contenoit tout ce qu'avoit fait chaque jour Leon X. durant le tems de ſon Pontificat. M. Voſſius faiſoit grand cas des M S. à cauſe des choſes tres-particulieres qui s'y liſoient, & que l'on ne trouvoit point ailleurs. Je crois que le celebre M. de Peireſc poſſedoit un pareil livre ; au moins me ſouviens-je d'avoir veu dans le Catalogue de ſes Manuſcrits, *Diarium Pontificatus Leonis* 10.

Mr. Golius, que je vis à Leyde, où il étoit Profeſſeur en Arabe en la place de M. Erpénius,

pénius , étoit fort intelligent dans les Langues & dans les Mathématiques ; mais il avoit encore plus de genie que d'érudition. Il aquit beaucoup d'honneur au voïage qu'il fit dans l'Orient l'an 1622. & sur tout à Maroc, avec un Ambassadeur des Etats, & un Ecuyer du Prince d'Orange. Comme ils furent arrivez dans cette Ville, ils allerent faire la reverence au Roy, qui se nommoit Mouley Zidam, & qui les reçut avec leurs présens fort obligeamment. Il témoigna particulierement étre fort content du présent que lui avoit envoié M. Erpénius, qui étoit un grand Atlas, & un Nouveau Testament Arabe, dans lequel il lisoit ensuite souvent. L'Ambas-

fadeur des Etats venant à s'en-
nuïer de ce qu'on ne lui donnoit point fon expedition, fut
confeillé de prefenter au Roy
une Requéte, que M. Golius
fit en écriture & en Langue
Arabefque, & en ftile chrêtien,
extraordinaire en ce païs-là. Le
Roy demeura étonné de la
beauté de cette Requéte, foit
pour l'écriture, foit pour le langage, foit pour le ftile ; & aiant
mandé les Talips, ou Ecrivains,
il leur montra cette Requéte,
qu'ils admirerent. Il fit auffi-tôt
venir l'Ambaffadeur, à qui il
demanda qui avoit dreffé cette
Requéte. L'Ambaffadeur lui
aiant dit que c'étoit M. Golius,
dîciple & envoié de M. Erpénius, il le voulût voir, & lui
parla en Arabe. M. Golius lui

répondit en Espagnol qu'il entendoit fort bien ce qu'il lui disoit, mais qu'il ne pouvoit lui répondre en Arabe, parceque la gorge ne lui aidoit point. Le Roi, qui entendoit l Espagnol, reçut son excuse, & aiant acordé à l'Ambassadeur les fins de sa Requéte, le fit promptement expedier. Je dois toutes ces particularités à la Relation de feu M. le Gendre, Marchand de Roüen, qui se trouva alors à Maroc. M. Briot en garde une copie, qu'il me fit la faveur de me communiquer à Paris. Ajoûtons encore un mot au sujet de M. Golius. Il étoit frére de Pierre Golius, tres savant aussi dans les langues Orientales, qui a tourné de Latin en Arabe le livre de l'Imitation de J. C. de Thomas à Kempis , & qui s'étant fait de l'Ordre des Carmes Déchauffez , prit le nom de Pére Celeftin de Ste. Lidvvine. Ces deux dignes Fréres étoient néveux d'un Chanoine d'Anvers, nommé Hémelar , qui a fait un beau livre de Medailles , qui ne fe trouve pas aifement.

Jean-Léon d'Afrique eft un excellent Hiftorien. Il écrivit premierement fon Hiftoire en fa langue. L'original s'eft vû dans la riche Bibliotéque du Seigneur Vincent Pinelli , le Pére des Mufes de l'Italie. Depuis s'étant fait Chrêtien , il l'a mit à Rome en langue Italienc ; d'où elle fut traduite en Latin par Jean Fleurian , mais peu fidelement ; & en François par Jean Temperal : J'ai remarqué que Marmol la copie presque par tout , sans nommer l'Auteur une seule fois. Jean-Leon a aussi écrit un petit Traité Latin des savans qui ont été parmi les Arabes, qu'Hottinger fit imprimer à Zurich l'an 1664. dans son Bibliotécaire sur une copie, que Cavalcantes lui avoit envoiée de Florence. Il avoit aussi composé une Grammaire Arabe, que possedoit un Medecin Juif, nommé Jacob Martin, au raport de Ramusio dans son Histoire. Il parle de quelques autres ouvrages de sa façon, que nous n'avons jamais

vûs. C'eſt domage qu'il ſoit
retourné au Mahometiſme. Je
ne ſache que VVidmanſtadius
qui marque cette particularité
dans ſa belle Epitre à l'Empereur Ferdinand ſur le N. T.
Syriaque , imprimé à Vienne
l'an 1555.

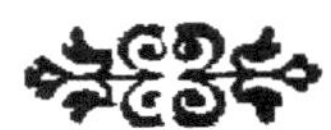

M. de Saumaiſe a fait deux
bevuës aſſez conſiderables , l'u-
ne dans ſon Traité de la tran-
ſubſtantiation , *i* où il dit que
les Catholiques Romains ne
mélent point d'eau avec le vin
dans la célébration de l'Eucha-
riſtie , veu que leur pratique
fait voir le contraire ; l'autre
dans un endroit de ſes Notes

i Pag. 301.

fur l'Hiftoire Augufte (c'eft à la page *396.*) où il dit qu'un Moine de Reims , nommé Azelin , mit en vers il y a quelques fiecles le petit Traité de la Cene du Seigneur , attribué à S. Cyprien. Cependant il n'eft rien de plus faux que cela , puifque M. de Saumaife nous aprend lui-même par quelques Fragmens qu'il raporte du Poëme d'Azelin en d'autres endroits de ces mêmes Notes , que la Parafrafe , que fit ce Moine , étoit d'un autre livre auffi attribué à St. Cyprien , intitulé, *Cœna* , qui fe trouve à la fin des Oeuvres de ce St. Martir , de l'Edition de Morel & de Pamelius. *Habebat hoc vir ille incomparabilis ,* (dit fort bien Gronovus

dans ſon livre des Seſterces *l*)
Vt uberrimo ingenio nulla ſuf-
ficeret manus , & ubi inſtitue-
rat ſcribere , nec rerum , nec
verborum modum noſſet. Sic
factum eſt , ut multa illi exci-
derint , quæ norat ipſe melius ,
& rectius alio die tradiderat ,
tradebatque , quæ ſi paululum
modò attendiſſet animum , fa-
cilè vitaſſet.

❧❧❧

Eraſme a écrit ſa vie. François Junius la ſienne. Loüis le
Roi, dit en Latin *Regius* , celle de Guillaume Budé. Julien
Brodeau celle de Charles du
Moulin. Le Cardinal Polus
celle de Chriſtophle de Lon-

l Pag. 46.

gueil

gueil. Guy Patin celle de M. Pietre inſerée dans les Eloges des hommes Illuſtres de Papire Maſſon. Le Caſa celle des Cardinaux Bembe & Contaren. Laurent Humphrede celle de Jean Ivel. Béze & M. Drelincourt celle de Calvin. Joachim Camerarius celle de Melancthon. Les Théologiens de Strasbourg celle de Bucer & de Paul Fagius. Joſeph Scaliger celle de Jule Céſar Scaliger, ſon Pére. Un Chevalier Polonnois celle de Fauſte Socin. George Pflucgerus celle d'Eraſme, de Capnion & de Friſchlin. Un Miniſtre de Géneve, nommé la Faye, celle de Béze. Joſias Simler celle de Pierre Martir, de Conrard Geſner, & d'Henri Bulinger.

Q

Jean Sturme celle de Beatus Rhenanus. Nicolas Gerbelius celle de Cuspinien. Paul Gualdo celle de Vincent Pinelli. Jâques Fuligati celle de Bellarmin. Antoine Florebellus celle de Sadolet. Emeri Casaubon celle de son Pére, dans le livre intitulé *Pietas*. René Moreau celle de Jâques du Bois, dit en Latin *Silvius*. Aubert Miré celle de Lipse. Nicolas Rigault celle de Pierre du Pui. Le Pére Fulgence celle du Pére Paul. Pierre Gassendi celle de Tico-Brahé, de Copernic & de M. de Peiresc. Antoine Clement celle de M. de Saumaise. Charles Pascal celle de M. de Pibrac. Gerard Vossius celle de Thomas Erpenius. M. Baluze celle de M.

de Marca. Le Manſo celle du Taſſe. Moïſe Amyrault celle M. de la Nouë. M. de Liques celle de M. du Pleſſis. Daniel Touſſain celle de Buxtorfe le Pére. Luc Gernler celle de Buxtorfe le fils. Everard Vorſtius celle de Charles de l'Excluſe, dit en Latin *Cluſius.* Abraham Heydanus celle de Fréderic Spanheim. Adolphe Vorſtius celle de Pierre Cunæus. Zacharie Schæfferus celle de Guillaume Schickard. Iſaac VVake celle de Jean Rainold. Henri de Valois celle du Pére Petau. Cardan & M. de Thou la leur. M. de Marolles la ſienne. Claude Binet celle de Ronſard. François le Bégue celle de Nicolas le Févre. Le Pére Jacob celle de

Naudé. Papire Maſſon celle de Cujas. M. Borel celle de Deſcartes. M. Daillé celle de ſon Pére. Le Pére Fronteau celle de M. Bignon. Le Pére Lallemand celle du Pére Fronteau. Et moi celle du Pére Sirmond.

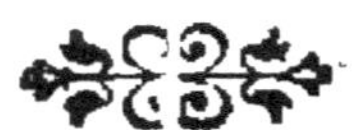

M. Menage dans ſes Poëſies.

Ce Portrait reſſemble à la belle, Il eſt inſenſible comme elle.

Le divertiſſant Colletet à la page 24. de ſon diſcours de l'Epigramme, loüe celui-ci, comme étant de l'invention de M. Menage. Pour moi, j'ai de la peine à croire qu'il n'ait pas penſé, en la faiſant, à ce Sizain de M. de l'Eſtoile.

Pour

Pour Cloris on fit ce Portrait,
Mais on n'y peut voir aucun
trait
De ceux qui la rendent si bel-
le :
Il lui ressemble seulement,
Pour être insensible comme elle
Aux passions de son amant.

Celui, à qui la Reine Marguerite adresse ses memoires, n'est pas Messire Charles de Vivonne, Baron de la Chastaigneraye, comme pretend Auger de Mauléon Sieur de Granier, qui les a donnez au Public ; mais Messire Pierre de Bourdeille, Seigneur de Brantôme, l'un des plus dignes hommes de son tems, qui

R

a fait un discours sur la vie de la Reine Marguerite , inserée dans ses Femmes Illustres, où il parle assez au long de Pau, du voiage de la Reine en France , du Maréchal de Biron , d'Agen & de la sortie du Marquis de Canillac du Château d'Usson en Auvergne. Si l'on se donne la peine de comparer tous ces endroits avec ce que dit la Reine Marguerite dés le commencement & dans la suite de ses mémoires, j'ose me persuader qu'il y aura peu de personnes qui n'aprouvent ma conjecture. Il paroît en éfet par les mémoires de cette Princesse, qu'elle y refute indirectement quelques endroits du discours de M. de Brantôme. Et plût à Dieu que nous eussions ces mémoires un peu plus entiers qu'on ne les a publiez ! Nous y verrions, fuivant la promeffe de cette Reine, de quelle façon elle détruit ce que dit fi galament M. de Brantôme de la fortie du Marquis de Canillac du Château d'Uffon en Auvergne. Mais pour autorifer davantage ma conjecture, le Lecteur remarquera que cette Princeffe apelle dans fes mémoires Madame de Dampierre Tante de celui à qui elle parle ; Madame de Rets fa coufine, & Monfieur d'Ardelai fon brave fiére. Ce qui convient précifement à M. de Brantôme, qui nomme fouvent dans fes mémoires Madame de Dampierre c

c Diane de Vivonne, mére de Madame de Retz, qui fe nommoit Clau-

ſa tante ; Madame de Rets ,
dans la vie du Maréchal de Biron , ſa couſine , & M. d'Ar-
delay , ƒ au diſcours des Colo-
nels , ſon frére ; qui fut tué ,
comme il dit , dans Chartres
en le défendant tres-vaillament.
Aprés cela je ne dirai point
que M. de Brantôme étoit particulierement connu de cette
Princeſſe , qu'il recevoit de
tems en tems de ſes lettres , &
qu'il lui a dédié par recon-
noiſſance ſes hommes Illuſtres
étrangers. J'ajoûterai ſeulement
que je ne ſaurois m'empécher
de croire que c'eſt de ce même Seigneur , dont veut par-

de-Catherine de Clermont , & qui
épouſa en ſecondes nôces Albert de
Gondi Maréchal de Rets. ƒ Jean de
Bourdeille.

ler cette grande Reine dans ces belles & magnifiques paroles : *Mon histoire seroit digne d'être écrite par un Cavalier d'honneur, vrai François, né d'illustre maison, nourri des Rois mes père & mére, parent & familier ami des plus galantes & honnetes femmes de nôtre tems, de la compagnie desquelles j'ai eu ce bonheur d'être.* Produisons ici, avant que de finir, un Fragment des mémoires de cette Princesse, qui ne se trouve point dans les imprimez, tiré des Commentaires de Théveneau sur les préceptes de St. Loüis à Philippe III. son fils. *e La Reine Marguerite, dit-il, a laissé par histoire de la Cour écrite à la*

e Page 421.

main , & qui est tombée entre
les miennes , que sur toutes
choses la Reine Catherine, sa
mére , avoit pris garde que ses
enfans ne fussent abreuvez des
dog. · de Calvin ; & qu'un
jour elle tira des pochettes de
Henri III. les Pseaumes de la
Varsion de Marot , & chassa
ceux qui étoient pres de lui ,
& qui s'éforçoient de lui faire
goûter le breuvage d'une nouvel-
le doctrine.

Scipion Tetti, Napolitain, a
fort peu écrit. Nous n'avons
de lui qu'une Dissertation *de
Apollodoris* , qui est au devant
de la Bibliotéque d'Apollodore
de Benedictus Ægius. Et un

Catalogue des manuſcrits des meilleures Bibliotéques d'Italie, que le Pére Labbe a fait imprimer. *c* M. de Thou, étant à Rome, aprit de Muret que ce Tetti avoit été envoié aux galéres pour avoir mal parlé de la Divinité. Il eſt loüé par Alde Manuce, fils de Paul, dans ſon Traité de l'orthographe. *d*

❦⟐❦

Le nom de Colomiez eſt aſſez ancien dans l'hiſtoire. Dés l'an 1209. je trouve un Guido de Colomiés dans l'hiſtoire de Melun de Roüillard, *e* & l'an 1297. un Edme de Colomiés

c Dans ſa Bibliotéque des manuſcrits, pag. 166. & ſuiv. *d* Pag. 50. *e* Pag. 375.

entre les Prevôts Roiaux de Melun. ƒ L'an *1229.* vivoit un Pierre de Colomiés, dit en latin *Petrus de Collomedio,* Champenois, dont parlent les historiens de France de du Chêne, & la Chronologie historiale des Archevêques de Roüen écrite par Jean Dadré. Il fut d'abord au service de Pandolfe, Evêque de Norvvic en Angleterre ; ensuite Prevôt de l'Eglise S. Omer en Artois ; Depuis Archevêque de Roüen ; & enfin Cardinal du titre d'Albane, à cause dequoi il est

ƒ Dans la même histoire pag. 470.
s Dans l'onsiéme Tome du Recüeil de Dom Luc Dachery, Moine Bénedictin, se trouve un acord de l'an 1237. entre cet Archevêque & les Chanoines de S. Mellon de Pontoise.

nommé

nommé *Petrus Albanensis* dans la Bulle *l* d'Innocent IV. pour la déposition de l'Empereur Fréderic II. il mourut l'an 1253. une marche du dégré, par où il passoit, s'étant afaissée, & l'aiant acablé soûs ses ruines.

Son éloge se voit dans les vers suivans :

Hanc sedem m Petrus medio
de colle subivit,
In quo jus, pietas, ratio, lex,
gratia fulsit,
Ortu Campanus, sensu Cato,
dogmate canus,
Cujus larga manus, ad summa
negotia Ianus,

l Cette Bulle est diferament raportée par Mathieu Paris dans son histoire, & par Schardius au commencement des Epitres de Pierre de Vignes *m Rothumagensem scilicet.*

S

Inclitus Athleta fidei, propria
  n ce spreta
Sulcans classe freta, fuit hosti
  præda quieta,
More rapax pardi, tulit hunc
  Urbs, & sibi Cardi-
Nalem fecit eum, vidua
  rapiens Elisæum.

Les Annales de Hainaut de
Jâques de Guise font mention
d'un Gui de Colomiés, Evêque
de Cambrai. Dans la Gafcog-
ne, du côté de Toulouse, j'a-
prens qu'il y a eu, & y a encore aujourdhui plusieurs famil-
les assez considérables du nom
de Colomiés. Le Président
Gramond dans son histoire de
France parle avec éloge d'un
Monsieur de Colomiés, qui
commandoit pour le Roi au
siege de Montauban.

Dans le Bearn le plus an-
cien que je trouve, qui ait por-
té le nom de Colomiés, est
un Juge d'Oleron, loüé par
Olhagaray dans son histoire de
Navarre. La maison de Colomiés en Bearn porte de gueu-
les, au Châteu sommé de
trois Tours d'argent.

❧❦❧

Les Juifs modernes, au raport de Buxtorfe le fils dans
sa Synagogue de la derniere
Edition, *n* disent que, pour
chasser la fiévre quarte, il ne
faut que prononcer le mot
Abracalan en diminuant toûjours d'une lettre. Julius Afri-
canus dans son grand ouvrage,

n Chap. 45.

intitulé *Kestoi* , qui se trouve manuscrit dans la Bibliotéque du Roi d'Espagne , & Serenus Sammonicus dans son Poëme *de Medicina* , attribuent le même éfet au mot *Abracadabra* ainsi prononcé. Il se peut faire que les Juifs aient tiré leur recepte de l'un de ces deux Auteurs.

Erasme est un des plus grands Théologiens qui ait vécu depuis les Apôtres. Ses Parafrases sur le N. T. sont si belles, que peu s'en faut que je ne les tienne pour divinement inspirées. Elles valent o tous nos

o Scaliger dans les seconds Scaligeriana pag. 73. jamais Papiste , Lutherien, ni Calviniste, n'a fait un meilleur livre, ni plus élegant, qu'est la Parafrase d'Erasme sur le N. T.

Commentaires, fans excepter ceux de Calvin qui les a fuivies en plufieurs endroits fort utilement ; mais qui s'en éloigne en d'autres endroits, auffi bien que Beze, fans grande raifon ; Son ftile n'eft pas moins doux, ni moins agreable que fon raifonnement eft touchant. Ses Adages marquent un grand favoir, & fes Épitres un rare génie. Sa pieté brille dans tous fes écrits, mais particulierement dans fes Commentaires fur quelques Pfeaumes, & dans fon Traité intitulé *Le Predicateur*. Ses énemis furent en grand nombre, mais il en fçût triompher avec tant d'adreffe, qu'il ravit méme quelques-uns d'eux en admiration. Enfin Erafme fut l'ornement de fon fiecle, & le feroit fans doute encore du nôtre, fi nous lifions fes ouvrages avec un efprit moins préocupé.

F I N.

T